Los scooters

Quinn M. Arnold

CREATIVE EDUCATION

semillas del saber

Publicado por Creative Education
P.O. Box 227, Mankato, Minnesota 56002
Creative Education es una marca editorial
de The Creative Company
www.thecreativecompany.us

Diseño de Ellen Huber; producción de Mary Herrmann
Dirección de arte de Rita Marshall
Impreso en los Estados Unidos de América
Traducción de TRAVOD, www.travod.com

Fotografías de Alamy (kevin cable), BigStock (Evgenyjs1), Dreamstime (Valuavitaly), Getty Images (Aaron Foster/The Image Bank, Kyle Krause/Photolibrary, Inti St Clair, Granger Wootz/Blend Images), iStockphoto (CraigRJD, HKPNC, leezsnow, Meinzahn, MichaelSvoboda, selimaksan, Evgeniy Skripnichenko, tataks), Shutterstock (FamVeld, GOLFX, Here, PRESSLAB, Romrodphoto, Ljupco Smokovski, zhukovvvlad)

Información del Catálogo de publicaciones de la Biblioteca del Congreso is available under PCN 2019931244.
ISBN 978-1-64026-256-0 (library binding)

9 8 7 6 5 4 3 2 1

TABLA DE CONTENIDO

¡Es hora de partir!

Los scooters se utilizan al aire libre.

Viajan por las calles.

Bajan por las aceras.

Debajo de la **base** giran dos ruedas. El vástago del manubrio es largo.

El manubrio **guía** la rueda delantera.

Un scooter lleva a una persona.

El usuario se para en la base.

Un pie está
delante del otro.

Los scooters eléctricos funcionan con baterías. Sino los scooters son impulsados por quien los maneja.

Todos los usuarios deben usar cascos.

Alguien se impulsa
con su pie en el suelo.
Esto hace que el scooter
se mueva.

Un freno baja la velocidad.

Un scooter va rápidamente por un camino liso.

Desacelera para girar en una esquina.

¡A toda velocidad, scooter!

Dibuja un scooter

scooter a impulso

scooter eléctrico

Palabras que debes saber

base: la parte del scooter donde el usuario se queda parado

baterías: los dispositivos en que se convierte la energía en corriente eléctrica para el suministro energético

guiar: orientar o dirigir el movimiento de un vehículo

Índice